AF309221

L'AMOUR

A L'AVEUGLETTE

COMÉDIE-VAUDEVILLE EN UN ACTE

PAR

MM. MELESVILLE et XAVIER

Représentée pour la première fois, à Paris, sur le théâtre de la Montan-
sier, le 17 mars 1851.

Distribution de la pièce.

LE COMTE DE LESTRELLE. . . . . MM. Derval.
CHATOYANT, opticien. . . . . Grassot.
BROCART, domestique. . . . . Hyacinthe.
ADRIENNE DE TILLY, jeune veuve. . . . . . . Mlles Scrwaneck.
MANETTE, femme de chambre. . . . . Azimont.

La scène se passe à Paris, en 1770.

1851

L'AMOUR A L'AVEUGLETTE.

Le théâtre représente un petit salon à la Louis XV, porte de fond et portes latérales, au deuxième plan, croisée dans l'encoignure à droite du public, donnant sur la cour, avec une riche jardinière garnie de fleurs, au-dessous. — Dans l'encoignure, à gauche, une cheminée, avec pendule, candélabres, chinoiseries. Au-dessus de la cheminée, glace sans tain, donnant sur le jardin. — Une petite porte dérobée, à droite, premier plan. — Meubles riches.

SCÈNE PREMIÈRE.

BROCART, MANETTE. — *Au lever du rideau, Brocart, en petite livrée galonnée en or, est assis sur un tabouret, et tient un écheveau de soie que Manette assise achève de dévider.* *

MANETTE.

Très-bien, monsieur Brocart.

BROCART.

On ne dira plus que je ne sais pas conduire *l'écheveau !* Il est joli celui-là !... j'en prendrai note !

MANETTE, *riant et se levant.*

Bien sûr que vous ne savez pas conduire les chevaux, puisque vous ne pouviez pas suivre monsieur de Lestrelle à la chasse !... Vous ne montiez jamais à cheval sans tomber.

BROCART, *gravement.*

Ça m'est arrivé diverses fois, et je m'en fais honneur.

MANETTE.

Bah !

BROCART.

Examinez-moi bien, Manette !... pour être bon cavalier, il faut avoir les jambes arquées.

Air : *Vaudeville de Turenne.*

Je suis trop bien tourné, friponne,
Mon maître... qui m'a renvoyé,
Apprit que ta jeune baronne
Avait besoin d'un garçon délié.
D'un homme de confiance... à pied !
Sur un seul mot de monsieur de Lestrelle,
Madam' de Tilly, sans délai,

---

* Brocart, Manette.

A bien voulu m' prendre à l'essai...
(*D'un air fat.*)
Vous devriez faire comme elle !

MANETTE.

A quoi bon !... puisque vous m'avez promis mariage.

BROCART.

Tu crois? J'en prendrai note... seulement, j'ai peur de n'être ici qu'en passant... et on ne peut pas se marier un pied en l'air...

MANETTE.

Il faut vous expliquer avec madame... savoir si elle compte vous garder.

BROCART.

C'est bien mon intention, mordieu ! mais toutes les fois que je m'approche d'elle pour solliciter une réponse...

MANETTE.

Qu'est-ce qu'elle dit?

BROCART.

Rien ! Elle me tourne le dos et n'a jamais l'air de me voir.

MANETTE.

Elle est si distraite ! Je lui en parlerai, moi.

BROCART, *secouant la tête.*

Oui, je la soupçonne d'être fort étourdie ! (*Entre ses dents.*) J'ai même d'autres soupçons...

MANETTE.

Comment?

BROCART.

Manette, j'ai vécu dans le grand monde... j'en connais les manières... Et une veuve de dix-neuf ans... jolie comme un démon... qui a des distractions... Hum ! hum !...

MANETTE.

Oh !... je mettrais ma main au feu...

BROCART.

Prends garde de te brûler.

LE COMTE, *en dehors.*

C'est bien ! c'est bien... ne la dérangez pas !...

MANETTE.

Monsieur de Lestrelle !;

BROCART.

Mon ancien maître ! (*A lui-même.*) Je l'attendais.

SCÈNE II.

LES MÊMES, LE COMTE, *en habit de chasse galonné.* *

LE COMTE.

Bonjour, Brocart! Bonjour, Manette! Eh bien! madame de Tilly n'est donc pas visible?

MANETTE.

Pas encore, monsieur le comte.

LE COMTE.

A dix heures!... Je la croyais plus matinale!... élevée à la campagne par son grand-oncle, veuve d'un autre campagnard renforcé... ce vieux podagre de baron de Tilly, qui passait sa vie à planter ses choux...

BROCART, *gravement.*

Il a dû en planter un grand nombre! sait-on à peu près, combien?

LE COMTE, *à Brocart.*

Tu es un sot! (*A Manette.*) Deux ours, enfin, qui la tenaient confinée au milieu des poules, des canards, des animaux... de toute espèce, sans les compter!.. et qui n'ont jamais voulu mettre les pieds à Versailles!

BROCART.

Ah! fi!.. nous y avons été hier, à Versailles, madame la Baronne et moi... pour être présentée au roi!.. Elle; pas moi! moi je n'y tenais pas.

LE COMTE.

Oui... je sais qu'elle a fait sensation à la cour... et avant de rejoindre la chasse de sa majesté, je voulais apprendre les détails...

MANETTE.

Ma foi, M. le comte, tout ce que je puis vous dire, c'est que Madame est rentrée ici, ramenant une mendiante dans sa voiture, et riant...

BROCART.

Comme une folle!

LE COMTE, *étonné.*

Une mendiante?

BROCART.

Une vraie pauvresse, quoi.. qui s'était approchée de sa portière, en tendant la main!.. *Allons, montez, montez vite,* lui crie notre pétulante baronne... *Brocart, faites donc monter Madame!* J'en rougissais pour la livrée!.. heureusement, j'avais des gants!... j'ai pris la vieille déguenillée par le coude, et houp!

LE COMTE.

Et arrivées à l'hôtel?..

* Manette, le Comte, Brocart.

MANETTE.

Madame lui a donné une foule de nippes, un double louis, et l'a renvoyée en riant toujours aux éclats, et en s'écriant : « *La malheureuse marquise!.. que doit elle penser?..* » Je n'y ai rien compris !

BROCART.

Ni moi !..

LE COMTE.

Et moi, je devine ! chère Adrienne ! que d'esprit et de tact ! la marquise de Navailles, qui a tant fait parler d'elle, lui avait demandé une place dans sa voiture...

Air : *Vaudeville de Partie et Revanche.*

Se montrer avec la marquise !...
Aux propos, c'était s'exposer ;
Mais l'usage nous tyrannise,
Un grand nom !... comment refuser?
C'était encor faire gloser !...
Quel ennui !... l'adorable femme,
Dont la malice égale la bonté,
Adroitement, échappe au blâme
Par un acte de charité !

C'est délicieux ! et l'aventure de la pauvresse fait le pendant de son mot à ce fat de Flavigny qui tournoyait autour d'elle avec une effronterie...

BROCART, *riant d'avance.*

Bah !.. qu'est-ce qu'elle lui a dit ?

LE COMTE, *impatienté.*

Tu es un sot... ça ne te regarde pas !

BROCART, *se méprenant.*

Oh ! oh !.. Elle l'a *tutéyé*!.. C'est familier !

LE COMTE.

Eh non, butor... c'est à toi, que je parle!..

BROCART.

Ah! bien !.. c'est égal, ça a dû le piquer !

LE COMTE.

Il en a été pour sa colère ! (*A part.*) Et pour un bon coup d'épée dans le bras !.. Quinze jours au lit. (*Haut.*) J'aurais voulu qu'elle traitât de même tous ces jeunes étourneaux, ces duchesses surannées, qui critiquaient sa mise, l'appelaient la petite paysanne, la baronne campagnarde!.. Eh! bien, oui, Mesdames, elle n'a pas vos grands airs empruntés... vos mines fardées de blanc et de rouge!.. mais ses grâces naïves sont bien a elle... tout, jusqu'à sa petite gaucherie provinciale, me ravit, me transporte!.. Elle ne ressemble à aucune de vous, et c'est pour cela que j'en raffolle ! (*Il dit ces derniers mots très-froidement.*)

MANETTE, *souriant.*

Vous dites cela... avec un calme !..

LE COMTE, *embarrassé.*

C'est ma manière !... je suis très-fougueux... en dedans !... mais quand je me laisse aller à mes émotions !... (*Câlinant.*) Manette... est-ce que tu ne vas pas m'annoncer ?

MANETTE.

Oh ! impossible ! madame n'a pas encore sonné !

BROCART, *faisant des signes au comte.*

Et il est défendu d'entrer chez elle sans son ordre ! (*Bas.*) C'est là-dessus que j'ai un rapport à vous faire.

LE COMTE, *bas.*

Chut !...

BROCART, *haut.*

Elle s'enferme souvent !...

MANETTE.

Pour lire...

LE COMTE, *vivement.*

Des billets doux... des déclarations ?...

MANETTE.

Eh non !... de vieilles paperasses !... à cause de son procès avec son cousin, le chevalier Gilles-Gaspard de Tilly !... Eh bon Dieu ! ça me rappelle que j'ai une lettre à lui faire porter... au cousin !...

LE COMTE.

Une lettre ?

MANETTE.

Oui de la part de Madame ! j'y cours !... Pardon, monsieur le comte ! (*Elle sort.*)

SCÈNE III.

LE COMTE, BROCART.*

LE COMTE, *après l'avoir suivie de l'œil.*

Ah !... eh bien !... qu'as-tu à m'apprendre ?

BROCART.

Parlons bas !...

LE COMTE.

Tu as tout observé, selon nos conventions !... Ce n'est pas que je me défie... mais un amant...

BROCART.

Aime à avoir sa petite police comme le gouvernement !.. c'est trop juste !...

* Brocart, le Comte.

LE COMTE.

Crois-tu que l'on m'aime ?

BROCART, *d'un air composé.*

Monsieur... c'est pénible à vous dire...

LE COMTE, *fronçant le sourcil.*

Hein ?

BROCART.

Mais, je crois qu'on vous adore !...

LE COMTE.

Ah ! mon ami !... (*Lui donnant des pièces d'or.*) Tiens! tiens!

BROCART.

Je crois même qu'on vous adore... plusieurs à la fois !..

LE COMTE, *avec colère.*

Comment faquin !...

BROCART.

Monsieur, l'injustice ne me fera pas trahir mon devoir !... On doit se parler franchement entre-z-hommes !... Eh bien ! je gagerais vingt pistoles que cette petite femme-là, a des allures !...

LE COMTE, *lui donnant une bourrade.*

Des allures !...

BROCART *à lui-même.*

Il paraît que les mauvaises nouvelles se payent moins bien que les bonnes ! j'en prendrai note !... (*Haut.*) Je conviens que lorsque l'on prononce votre nom... elle rougit de plaisir !...

LE COMTE *flatté.*

Ah !...

BROCART, *d'un ton mignard.*

Quand elle entend votre voix... un sourire embaumé vient errer sur ses lèvres de rose !...

LE COMTE, *charmé.*

Un sourire !...

BROCART.

Embaumé !...

LE COMTE, *lui donnant de l'or.*

Tiens Brocart !...

BROCART, *l'empochant. — A part.*

La balance se rétablit! (*Haut.*) Mais il y a un mystère effrayant... Et je suis sur la piste... comme nous disons, nous autres chasseurs !...

LE COMTE.

Un mystère ?

BROCART.

Hier, au moment de partir pour Versailles, et comme je venais avertir madame la baronne que son carrosse l'attendait... je trouve la porte *vérouliée en dedans!...* je regarde à travers la serrure...

LE COMTE.

Drôle !.. elle était peut-être à sa toilette.

BROCART.

Oh ! je ne regardais que d'un œil ! Comme çà !..

LE COMTE.

Eh bien ?

BROCART.

Monsieur... elle était assise sur un *ottoman.*

LE COMTE.

Quoi?... Ah! une ottomane !

BROCART.

Pour ces sortes de choses, le sexe n'y fait rien !... Elle avait son costume de cour... la collerette évasée... elle était très-bien ! très-bien !...

LE COMTE.

Trêve de réflexions ! après?

BROCARD.

Tout à coup, j'entends parler dans sa chambre.

LE COMTE.

Manette?...

BROCART.

Manette n'y était pas...

LE COMTE.

C'était Adrienne elle-même qui se parlait tout haut !

BROCART.

Avec une voix d'homme !

LE COMTE.

Un homme ! tu l'as vu ?

BROCART.

Son dos seulement !... il avait un manteau couleur de muraille !

LE COMTE, *prêt à s'emporter.*

Un rival ! il serait vrai !...*

BROCART.

Monsieur... ne vous mettez pas en fureur ! car, alors, vous savez... dans ces moments-là, vous bredouillez, que c'est à mourir de rire !...

LE COMTE, *lui donnant encore des pièces d'or.*

Tais-toi, tais-toi, malheureux... si elle se doutait... je serais perdu !

BROCART, *à part.*

Y'm'bourre, y'm'bourre... pour me fermer la bouche !

LE COMTE, *affectant un grand calme.*

C'est impossible! tu ne sais ce que tu dis... tu n'as rien vu, rien entendu... tu es ivre !...

* Le Comte, Brocart.

BROCARD, *fièrement.*

Un démenti ! vive Dieu, monsieur le comte, vous êtes gentilhomme. (*Changeant de ton.*) Moi, je ne le suis pas !... ça ne
peut avoir de suites !... mais... (*Regardant par la fenêtre à droite.*)
Oh !...

LE COMTE.

Qu'est-ce donc ?

BROCART.

Le voilà ! *

LE COMTE.

Le manteau couleur de muraille !...

BROCART.

Qui se glisse derrière la loge du suisse !...

LE COMTE.

Ah ! parbleu ! je le forcerai bien à me montrer sa figure ! (*Il
sort en courant par le fond.*)

SCÈNE IV.

BROCART, *puis* ADRIENNE, *puis* CHATOYANT.

BROCART, *d'abord seul.*

Ah ! je suis ivre ! moi qui n'ai encore bu ce matin que mon
café, et une côtelette de veau ! A moins que la côtelette de veau
ne me soit montée à la tête ! (*On entend frapper en dehors à une
petite porte masquée dans la boiserie qui est à droite.*) Qu'est-ce que
c'est que ça ?... une porte dérobée que je ne connaissais pas !
(*Regardant à gauche.*) Et Madame qui sort de chez elle. (*Se ca-
chant dans le cabinet à droite du deuxième plan.*) Vertuchoux !...
je tiens le fil !... (*On frappe encore.*)

ADRIENNE, *paraissant.*

AIR de la *Valse romantique.*

On a frappé, le voici,
   Plus de doute, c'est lui !
Ah ! malgré moi, je tremble !
Au moindre bruit ce me semble,
    On pourrait
Deviner mon secret. (*Bis.*)

(*Elle ouvre la porte dérobée, à droite, premier plan.*)

CHATOYANT, *enveloppé d'un petit manteau gris, et bégayant.*
Madame la ba... ba...**

* Le Comte, Brocart.
** Chatoyant, Adrienne.

ADRIENNE, *continuant l'air.*

Silence et mystère,
Surtout parlez plus bas.
Personne, j'espère,
N'a pu suivre vos pas ?

CHATOYANT. (*Parlé.*)

Personne !

ADRIENNE, *continuant.*

Si monsieur le comte,
Ici vous surprenait,
J'en mourrais de honte !
Mais vous serez discret !

CHATOYANT.

Je suis la di... la di...

BROCART, *à part.*

C'est une lady !

CHATOYANT, *achevant.* (*Parlé.*)
La discrétion même !...

ADRIENNE, *écoutant.* (*Parlé.*)
Ciel ! on vient !... vite dans ma chambre !... et n'ouvrez que
lorsque je vous le dirai.

ENSEMBLE. — REPRISE.

ADRIENNE.

Enfermez-vous, quel ennui !
Tout m'effraie aujourd'hui ;
Ah ! malgré moi je tremble,
Si l'on nous voyait ensemble,
On pourrait
Deviner mon secret. (*Bis.*)

CHATOYANT.

Je suis tout prêt, me voici ;
Mais m'enfermer ici,
C'est piquant ce me semble,
J'obéis, pourtant, je tremble ;
On pourrait
Me trouver indiscret. (*Bis.*)

BROCART, *à part.*

Oui, tout est bien éclairci ;
Plus de doute, c'est lui !
Ah ! malgré moi, je tremble...

D'honneur, ce galant ressemble
Au portrait
D'un sapajou très-laid,
D'un singe contrefait !

(Adrienne pousse Chatoyant dans la chambre à gauche ; la porte se referme, Brocart s'enferme aussi.)

SCÈNE V.

ADRIENNE, MANETTE, BROCART, *caché, puis* LE COMTE. *

MANETTE.

Madame a sonné.

ADRIENNE, *troublée.*

Non !... je ne sais !... ah !... si fait... je voulais vous dire...

LE COMTE, *paraissant au fond, et à part.*

Il m'a échappé !

ADRIENNE, *à Manette.*

De défendre ma porte... je n'y suis pour personne !

LE COMTE, *à Adrienne.*

Pas même pour moi ? **

MANETTE.

Ah ! M. le Comte ! (*Manette sort.*)

ADRIENNE.

Monsieur de Lestrelle !

LE COMTE, *à part.*

Par où diable a-t-il passé ?

ADRIENNE, *avec grâce.*

Pour vous, il y a toujours exception ! mais qui me vaut votre visite de si bon matin ?

LE COMTE, *ému et regardant partout.*

Je suis venu vous dire... que je ne pourrais pas venir.

ADRIENNE, *souriant.*

Ah ! c'est pour cela ?

LE COMTE.

Et pour vous faire mes compliments sur vos succès à la cour !

ADRIENNE.

Ah !.. vous voilà comme les autres, vous vous moquez de moi !

LE COMTE.

Je parle sérieusement, je vous jure.

ADRIENNE, *riant.*

Oh ! ce n'est jamais le sérieux qui vous manque, même dans vos déclarations d'amour. (*Imitant le sang-froid du comte.*)

* Adrienne, Manette.
'* Le Comte , Adrienne, Manette.

Adrienne!... je vous aime, je vous adore!... je brûle... (*Riant.*) et vous êtes de glace!

LE COMTE.

Elle peut sourire!

ADRIENNE.

Oui, Monsieur, j'y ai été à votre Versailles, et l'on a bien dû s'y égayer à mes dépens!... (*Mouvement du comte.*) C'est tout simple, j'arrive de mon village, je ne connais pas l'étiquette, et, en fait de gens comme il faut, depuis que je suis à Paris, je n'ai encore vu que vous... qui m'amusez assez avec votre amour empaqueté de neige, de givre et de verglas, et mon cousin de Tilly... qui m'ennuie beaucoup avec son procès! Aussi! que de gaucheries! que de maladresses! je marchais sur toutes les robes, j'ai coudoyé madame Du Barry, et j'ai décoché ma plus belle révérence... à un cent-suisse, croyant que c'était le roi!... Jugez si l'on a dû me trouver ridicule! Que voulez-vous, mes bons amis de cour, je suis comme ça! c'est à prendre ou à laisser! et vous avez bien fait de jouir du spectacle, car il n'y aura pas de seconde représentation!

LE COMTE.

Vous vous trompez, Madame la baronne.

ADRIENNE.

Oh! mon Dieu! quel air digne!

LE COMTE.

Vous avez eu le plus grand succès, et votre mot au vicomte de Flavigny, qui vous obsédait de ses œillades impertinentes, a fait fortune... (*L'imitant.*) Annoncez-moi!...

ADRIENNE, *embarrassée.*

Ah! vous savez...

LE COMTE.

Il se conduisait en laquais, vous l'avez remis à sa place! Le roi en a ri aux éclats!

ADRIENNE.

Il est bien bon! (*A part.*) Et l'autre qui m'attend!... (*Haut.*) Mais, pardon, cher comte...

LE COMTE.

Vous me quittez déjà?

ADRIENNE, *souriant.*

Puisque vous êtes venu me dire que vous ne viendriez pas!

LE COMTE, *tristement.*

C'est vrai!.. le roi chasse aujourd'hui.

ADRIENNE.

Et vous êtes de service?

LE COMTE.

Sans cela, est-ce que j'aurais osé me présenter sous ce costume?

ADRIENNE.

Je n'avais pas vu l'habit!

LE COMTE, *s'animant un peu.*

Ah! ce mot charmant..!.

ADRIENNE.

Je n'y ai pas mis d'intention... Mais, adieu *!...

LE COMTE, *l'arrétant.*

Adrienne, il me faut une explication !... je vous aime, et si je n'écoutais que la fougue de mon amour !... je... (*Mouvement spontané de retenue.*)

ADRIENNE.

Je... eh bien, vous restez en chemin?... C'est dommage, ça n'allait pas mal.

LE COMTE.

Ne vous jouez pas de mes tourments... je vous ai offert ma main, j'en ai écrit à mon oncle le commandeur... Pourquoi me faire attendre votre réponse si longtemps?...

ADRIENNE, *à part.*

Pauvre comte ! s'il savait !...

LE COMTE.

En aimez-vous un autre? Adrienne, regardez-moi !

ADRIENNE.

Pourquoi donc?

LE COMTE.

Pour que je tâche de lire dans vos yeux, ce qui se passe dans votre cœur !

ADRIENNE.

Eh ! mais...

Air : *Je veux amour pur, constant.* (Le Sopha.)

C'est souvent bien dangereux
De vouloir s'instruire !...
Et prenez garde, mes yeux
Pourraient en trop dire.
Mais est-ce un livre, entre nous?

(*Le regardant en souriant.*)

Vite, alors dépêchez-vous....
Voyons, monsieur le jaloux,
Si vous savez lire?

LE COMTE, *ravi.*

Ah !

ADRIENNE.

Eh ! bien !... que vous ont-ils dit !

LE COMTE.

Que je suis un fou... que vous êtes un ange de candeur, de pureté...

* Adrienne, le Comte

ADRIENNE.

Vous en doutiez?

LE COMTE.

Non ! mais la seule pensée d'un homme, reçu chez vous, en secret!..

ADRIENNE, *avec une dignité comique, remontant.*

Un homme!... quelle horreur! ceci mérite punition... sortez, Monsieur, sortez !... (*Le comte s'est incliné pour sortir, au même moment, la porte de gauche s'ouvre, et Chatoyant paraît.*

SCÈNE VI.

LES MÊMES, CHATOYANT. *

CHATOYANT.

Vous m'avez appelé?

LE COMTE, *le voyant.*

Ah !...

CHATOYANT, *de même.*

Oh !...

ADRIENNE, *à part.*

Le sot !... il a pris cela pour lui !

ENSEMBLE.

AIR de *Nabuco.*

LE COMTE.

Dieu ! qu'ai-je vu ? j'étouffe de colère.
Eh ! quoi !... caché dans son appartement,
J'ai donc enfin pénétré le mystère !
Qu'il craigne tout de mon ressentiment.

ADRIENNE.

Le maladroit ! que lui dire et que faire !
Mon embarras redouble maintenant ;
Car son regard s'enflamme de colère,
Et je crains tout de son emportement.

CHATOYANT, *à part.*

Quelle so... so... sottis' ! je viens de faire !
Je le vois bien, mais trop tard maintenant.
Ce grand mo.. mo... mossieur est très-colère,
Et son regard me trouble énormément !

BROCART, *à part, entr'ouvrant sa porte.*

Nous avons donc dévoilé le mystère ;

* Chatoyant, Adrienne, le Comte.

De ses deux yeux, il voit clair maintenant,
Gare la bombe, il va dans sa colère,
Mettre en lambeaux ce rival imprudent !

(Brocard ferme la porte et disparaît.)

CHATOYANT, *à part.*
Quels yeux... de ti... ti... de tigre !...

LE COMTE, *se contenant à peine..*
J'ai une envie de le jeter par la fenêtre... (*Haut.*) Eh bien, madame, avais-je tort ?

ADRIENNE, *riant.*
Ah ! ah ! ah !...

LE COMTE.
Dans votre chambre... Un homme !...

ADRIENNE, *riant toujours.*
Vous rêvez ! Ce n'est pas un homme !...

CHATOYANT, *blessé, à part.*
Je ne suis pas un ho... ho...

ADRIENNE.
C'est mon horloger !

LE COMTE.
Votre horloger !

CHATOYANT, *à part.*
Son hor...lo...lo...?

ADRIENNE.
Qui vient remonter mes pendules? (*A Chatoyant.*) Vous avez vu celle de ma chambre à coucher? elle retarde toujours!

CHATOYANT, *ahuri.*
Oui... oui... (*A part.*) Elle a beau... beau... beaucoup d'esprit !

ADRIENNE, *montrant celle de la cheminée.*
Celle-ci avance... et court comme une folle !... Ayez la bonté de la régler.

CHATOYANT, *y allant.*
C'est facile !

LE COMTE, *à lui-même, les regardant.*
Je suis stupide !... C'est tout à fait une figure d'horloger !... ça ne peut être que cela ! (*Allant à elle.*) Adrienne, si vous ne me pardonnez, je me brûle la cervelle !...

ADRIENNE, *haussant les épaules.*
Jolie manière de réparer ses torts !

LE COMTE.
Je suis si vif, si impétueux !...

ADRIENNE.
Oui... une glace bouillante, qui brise tout... (*En ce moment, et en remontant la pendule, Chatoyant casse le grand ressort qui se détend en faisant un grand bruit de rouages.*)

ADRIENNE.
Qu'est-ce qu'il fait celui-là ?

CHATOYANT, *d'un air agréable.*

Madame... le ressort est cassé !

LE COMTE, *riant.*

Il se taille de la besogne...

ADRIENNE.

C'est bien... c'est bien... emportez-la... pour la raccommoder. (*Bas.*) et revenez dans une demi-heure... (*Haut.*) Ah !... * en passant, voyez aussi le cartel de la salle à manger.

CHATOYANT, *emportant le mouvement.*

Oui, Madame ! (*Il sort par le fond et en saluant le comte.*)

LE COMTE, *tendrement.*

Adrienne !.. M'avez-vous pardonné ?

ADRIENNE. **

Du tout ! Vous m'avez blessée au cœur !... et puisque vous me soupçonnez à l'aspect du premier venu... (*On entend la pendule de la salle à manger qui sonne coups sur coups et sans interruption.*) Quelle heure sonne donc là ?...

LE COMTE.

Elles sonnent toutes à la fois !... C'est votre horloger qui fait encore des siennes !... (*Ils rient tous deux.*) Je ne m'étonne plus si le temps passe si rapidement près de vous !

ADRIENNE.

Oui !..... les pendules y sonnent si vite !..... Prenez garde ! l'heure de votre chasse va passer aussi.

LE COMTE, *faisant un pas.*

C'est vrai !

ADRIENNE.

Cette chasse, c'est dommage !

LE COMTE, *revenant.*

Pourquoi?

ADRIENNE.

J'ai un secret... un grand secret... que j'aurais eu peut-être le courage de vous confier (*mouvement du comte*), pas encore !... Mais si vous aviez pu venir prendre le chocolat, aujourd'hui, avec moi ?...

LE COMTE.

Aujourd'hui !

ADRIENNE.

Dans une heure.

LE COMTE, *vivement.*

J'accepte !

ADRIENNE.

Et le roi ?

LE COMTE.

Ma foi, le roi chassera comme il pourra..... je dirai que je suis malade, que je suis mort...

* Adrienne, Chatoyant, le Comte.
** Adrienne, le Comte.

ADRIENNE.

A bientôt donc, mon ami ! (*Elle rentre chez elle.*)

SCÈNE VII.

LE COMTE, *puis* BROCART.

LE COMTE, *d'abord seul, prêt à sortir et s'arrêtant.*

Un secret ! un rendez-vous !... déjeuner avec elle !... c'est la première fois... Oh ! oui ! c'est moi qu'elle aime ! Je suis le plus heureux des hommes !

BROCART, *ouvrant doucement le cabinet et paraissant.*

Eh bien, monsieur le comte, qu'en dites-vous ?

LE COMTE.

Je dis que tu es un imbécile...

BROCART.*

Je ne partage pas votre opinion !... Et maintenant vous pouvez me donner les vingt pistoles !

LE COMTE.

Vingt coups de canne... pour t'apprendre à compromettre !... Madame de Tilly est blanche comme neige !...

BROCART.

Pour blanche... elle est blanche... et fort agréable... Mais le manteau, c'est son amant !

LE COMTE.

C'est son horloger.

BROCART, *riant.*

Son horloger !... Ah ! ah ! Permettez-moi de rire... abondamment !...

LE COMTE.

La preuve, c'est qu'il a cassé toutes les pendules ! En voilà un qui entend son affaire !

BROCART, *le regardant d'un air de compassion.*

Parole d'honneur, il m'afflige !... (*Au comte.*) Raisonnons donc un peu pour deux sous, monsieur le comte. Est-ce qu'on fait entrer son horloger en catimini... par une porte dérobée (*montrant la droite*) que voici !** et qu'on vient lui ouvrir soi-même ?... Ah !

LE COMTE, *frappé.*

En effet !

BROCART, *montrant la gauche.*

Est-ce qu'on le fait cacher dans sa chambre,*** en lui disant, la bouche en cœur : Vous n'ouvrirez que quand je vous appellerai ? Ah !

LE COMTE, *agité.*

En effet !

* Brocart, le Comte.
** Le Comte, Brocart.
*** Brocart, le Comte.

BROCART.

C'est un amant... déguisé en horloger... C'est possible !...
mais je maintiens mon dire !... D'ailleurs, je le connais, son
véritable horloger... Un homme superbe, M. Croquefeuille,
ancien tambour major du régiment d'Artois, cinq pieds neuf
pouces, sans compter sa canne, qui a quitté le service... par
suite de chagrins de ménage !...

LE COMTE, *accablé.*

Etre joué, trahi à ce point ! * mais il est affreux !

BROCART.

M. Croquefeuille ?

LE COMTE.

Non l'autre ! **

BROCART.

Ah ! le cuistre ? pour joli il ne l'est point ; Mais les femmes
sont si capricieuses !... Ah ! Monsieur ! les mœurs sont bien *dis-*
soutes allez ! surtout chez les grandes dames !... J'ai connu une
marquise qui avait un faible... mais un faible très-fort pour son
secrétaire !... Et moi, qui vous parle, monsieur le comte, j'ai
quitté trois maisons, parce que... (*Montrant sa figure.*) Que voulez-vous !... Diable de physique... on ne peut pas le cacher !...
Les maris me prenaient en grippe !... ils voyaient ce qui leur
pendait à l'oreille ! et ils me flanquaient mon congé !

LE COMTE, *qui sans l'écouter, s'est promené à grands pas, en s'es-*
suyant le front.

AIR : *Abonnés de l'Opéra-Comique.*

Non la trahison est trop forte ! ***
Je ne veux plus la voir, et je m'en vais !

(*Par un mouvement machinal, il frappe à la porte d'Adrienne.*)

BROCART.

C'est pour cela qu'vous frappez à sa porte ?

LE COMTE, *étonné, reculant.*

Moi ?... de ces lieux je m'enfuis pour jamais !

(*Il sort précipitamment.*)

BROCART, *seul.*

Voilà des manièr's incongrues !
Il faut donc qu'il soit aliéné !
Il fait comme les gamins des rues...
Qui se sauv'nt, dès qu'ils ont sonné.

* Le Comte, Brocart.
** Brocart, le Comte.
*** Le Comte, Brocart.

Le poltron!... Moi je vais lui dire en face que nous la plan-
tons là!... (*La porte d'Adrienne s'ouvre.*) Ah! la voici! (*Il se
sauve.*)

SCÈNE VIII.

ADRIENNE, *seule.* (*Elle entr'ouvre sa porte.*)

J'ai cru que l'on frapait?... Non! Monsieur de Lestrelle est
parti! tant mieux! cette fois je n'oublierai pas de pousser le
verrou! (*Elle ferme la porte du fond, et pousse le verrou.*) Là!...
je suis seule! bien seule!... pauvre comte! je l'ai échappé
belle! mais je ne pouvais pas lui avouer que M. Chatoyant
est... (*Avec effroi.*) Oh! Dieu! jamais!... C'est si épouvanta-
table!... si on venait à lui dire : « Cette petite femme, que vous
» trouvez assez gentille... (*A mi-voix*) Eh bien! Monsieur...
» à dix-neuf ans. (*En confidence.*) Elle est obligée... de porter
» lunettes!... » (*Appuyant.*) Oui des lunettes... (*Tirant de sa
poche un étui avec des lunettes rondes, comme on en portait à cette
époque*) Elles ne me quittent jamais, quand je suis seule...
Mais, dans le monde; quel supplice! à deux pas, je ne vois
rien, je ne reconnais personne!... je sais bien que j'ai du tact
et que je m'en tire assez adroitement, (*riant*) excepté quand je
prends des vicomtes de Flavigny pour des valets de pied... et
des mendiantes pour des marquises!... et de Lestrelle qui met
sur le compte de mon espiéglerie ou de mon bon cœur, les
bévues de mes mauvais yeux!... Ses compliments m'agacent!
(*Tirant ses lunettes.*) Dernièrement, j'avais pris mon courage à
deux mains, j'allais tout lui apprendre... lorsqu'il me dit, je
ne sais à quel propos : « Connaissez-vous rien de plus affreux,
» baronne, qu'une femme qui porte lunettes! » J'aurais mieux
aimé qu'il me donnât un coup de poignard!...

AIR : *La valse à deux temps m'entraîne.* (Arnaux.)

Mon Dieu! quel affreux supplice!
A quoi bon de beaux yeux, hélas!
S'ils ne font pas leur service,
S'ils vous trompent à chaque pas!
Et quel désespoir,
Enfin de n'avoir
Deux beaux yeux... que pour n'y pas voir. (*Bis.*)
Là!... n'est-ce point insupportable!
Je trouve au comte de l'esprit,
Son langage est doux, agréable...
Sa voix me touche, m'attendrit!...
Mais pour son visage... impossible
De le deviner du regard...
Et comment faire?... c'est terrible

D'aimer... comme à colin-maillard !
Mon Dieu ! quel affreux, etc.

(*Parlé.*) Pourtant... (*Mettant ses lunettes et se regardant dans un petit miroir qu'elle tire de sa poche.*)

Quand on n'est pas mal... il me semble
(*Se ravisant.*)
Que l'on peut... non... il a raison !...
On ne sait à qui l'on ressemble !...
(*Se faisant la grimace.*)
Ah ! c'est horrible ! un vrai laidron !
(*Se regardant toujours.*)
Vous avez l'air d'une grand'mère !...
Ça fait parler du nez très-bien...
(*Avec dépit.*)
Autant prendre la tabatière,
La perruche et... le petit chien !

(*Vivement, parlé.*) Ah ! fi !.. fi !...

Mon Dieu ! quel affreux supplice ! etc.
(*On frappe à la petite porte de droite.*)

Ah ! sans doute M. Chatoyant, mon sauveur, car s'il me tient parole... (*Elle lui ouvre.*)

SCÈNE IX.

ADRIENNE, CHATOYANT. *

CHATOYANT.

I...i...il n'est plus là ?

ADRIENNE.

Celui qui voulait vous jeter par la fenêtre ? Oh !... il en aurait été bien fâché après.

CHATOYANT.

Et... et moi donc...

ADRIENNE.

Parlons de notre affaire, mon cher Monsieur... Voilà trois jours que je vous fais venir en secret, au risque de me compromettre, pour avoir l'étrenne de cette nouveauté, dont vous êtes l'inventeur...

* Adrienne, Chatoyant..

CHATOYANT.

C'est un bi... bi... jou d'o... d'o... d'optique.

ADRIENNE, *montrant les siennes.*

Destiné à remplacer ces vilaines lunettes si massives et si ridicules !

CHATOYANT, *regardant.*

Comme c'est tourné !.. ça fait pi... pi... ça fait pitié !

ADRIENNE.

Tandis que votre invention doit embellir, dites-vous, celle qui la portera.

CHATOYANT.

Oui, Madame ; notre siècle est celui des mi... mi... des mi... mi...

ADRIENNE.

Des miracles ?

CHATOYANT.

Non ! des trou... trou...

ADRIENNE.

Des troutrou ?

CHATOYANT.

Des trouvailles ! On a même découvert le moyen d'empêcher le bé... bé...

ADRIENNE.

Quel Bébé ?

CHATOYANT.

Le bé... gaiement.

ADRIENNE.

Vous en avez usé ?

CHATOYANT.

Vous... voyez... Autrefois je... je bégayais... beaucoup...

ADRIENNE.

Ah !

CHATOYANT.

Maintenant, je m'exprime avec fa... fa... avec fa... fa...

ADRIENNE.

Avec fatigue ?

CHATOYANT, *très-vite.*

Avec facilité !... avec facilité !

ADRIENNE, *respirant.*

Je me flatte que votre invention d'optique est plus efficace que celle qui vous a rendu la parole !.. Mais voyons. monsieur Chatoyant, ce chef-d'œuvre... Je brûle de l'essayer. Vous êtes sûr que cela ne me défigurera pas ?

CHATOYANT, *cherchant dans ses poches.*

Oh ! Madame, au contraire... Ce ne sont pas des lu... lu... des lunettes. C'est un objet de pa... pa... et de fan... fan... (*A lui-même.*) Allons !... je ne l'ai pas sur moi !..

ADRIENNE.

Plaît-il ?

CHATOYANT.

De parure et de fan... taisie.

Air : *Amis dépouillons nos pommiers*.

Je l'ai retou... tou... retouché
Comme une miniature;
En or gui... gui... gui... guilloché,
J'ai fait toute la monture,
Il n'y manque rien,
Que des verrr's...

ADRIENNE, *en riant*.

Fort bien !
Mais c'est tout, sur mon âme !

CHATOYANT.

J' m'en suis aperçu,
Il m' faut vot' nu... nu...
Vot' numéro, Madame !

ADRIENNE, *lui donnant ses lunettes*.

Hé !.. que ne le disiez-vous ?.. tenez !.. (*On frappe à la porte du fond.*)

MANETTE, *en dehors*.

Madame !..

ADRIENNE, *à elle-même*.

Manette !.. (*Conduisant Chatoyant.*) Partez vite.... et envoyez-moi ça le plus tôt possible dans une boîte bien fermée. Car nous avons affaire à un jaloux.

CHATOYANT, *gagnant la porte*.

Ah ! je plains les jaloux ; ils ne se nourrissent que de soup... de soup... (*Revenant après avoir franchi la porte.*) de soupçons ! (*Il disparaît, et Adrienne ferme la porte.*)

SCÈNE X.

ADRIENNE, MANETTE.

MANETTE, *en dehors*.

Vous n'y êtes pas, Madame ?

ADRIENNE, *ouvrant*.

Si fait ! (*A part.*) Il était temps ! (*Haut.*) Que veux-tu ? *

MANETTE.

C'est le notaire qui est venu... d'après l'ordre de Madame, je lui ai dit qu'elle n'y était pas ! il est parti en grommelant.

____

* Manette, Adrienne.

ADRIENNE.

Ah! je sais! pour cette ferme que je veux vendre!.. et monsieur de Lestrelle est-il revenu?

MANETTE.

Lui, Madame, il ne s'est pas en allé.

ADRIENNE.

Comment! il était ici?..

MANETTE.

Il n'en a pas bougé!.. il est d'abord descendu comme un
ahuri, en s'écriant : *Je m'en vais! je vais vais!..* Mais les
amoureux, ça ne s'en va jamais! au lieu de prendre la porte
cochère, il est entré dans le jardin. (*Regardant par la glace sans
tain.*) Où il est encore sans doute... eh tenez... il se promène...
à grands pas... comme un fou !

ADRIENNE, *à part.*

Pauvre garçon?

MANETTE, *regardant.*

Il marche sur les plates-bandes, il écrase tout!..

ADRIENNE, *à part.*

Comme il m'aime!..

MANETTE.

Ah! le v'là qu'il fait un bouquet!..

ADRIENNE, *à part.*

Pour me l'apporter... (*Haut.*) Manette, arrange-moi donc un
peu!... je dois être à faire peur!..

MANETTE, *l'aidant à se rajuster.*

Oh! Madame!.. Il vous trouvera toujours jolie !

ADRIENNE.

Tu crois? (*Avec intention.*) Et lui, Manette, comment le trou-
ves-tu

MANETTE.

Ah! pardine, Madame a des yeux pour voir !

ADRIENNE.

Sans doute... j'ai des yeux!.. mais je tiens à connaître ton
goût!

MANETTE.

Ah!.. c'est un bien bel homme.

ADRIENNE, *contente.*

N'est-ce pas?.. une tournure?...

MANETTE.

De prince!

ADRIENNE.

Et des yeux?.. je n'ai pas bien remarqué la couleur !

MANETTE.

Bah !

ADRIENNE.

Dame! on n'ose pas regarder un homme en face.

MANETTE.

Ah! ben, moi je l'ai osé! il les a d'un beau bleu de roi... et quand ces yeux-là se tournent vers vous, on voit qu'il vous aime terriblement!

ADRIENNE, *contente*.

Qui sait, Manette... ces Messieurs nous font souvent la cour pour notre fortune!..

MANETTE.

Lui!.. il est deux fois plus riche que vous!

ADRIENNE.

Oui, mais ce sang-froid, ce calme éternel!

MANETTE.

Ah! Madame, faut pas s'y fier... (*Avec un peu de mystère.*) La preuve, c'est son duel avec le vicomte de Flavigny.

ADRIENNE.

Avec le vicomte!

MANETTE.

Qui s'était permis de vous traiter de bégueule , de pigriè-che...

AIR : *J'en guette un petit de mon âge.*

Il s'en donnait sans gêne aucune!...
Le comt' l'entend, lui demande raison...
Tous deux se batt'nt au clair de lune...
Du premier coup, l'autr' tomb' sur le gazon ! ..
Son cocher avait pu les suivre,
Il croit que son maître en mourra ;
Ma foi, tant pis ! à ces gens-là,
V'là comme il faut apprendre à vivre !

ADRIENNE, *remonte vers sa cheminée.* *

Ah ! mon Dieu... et c'est moi qui suis cause ! je suis désolée... Manette, vous enverrez savoir des nouvelles du vicomte !

MANETTE, *allant pour sortir.*

Oui, Madame... (*Revenant.*) Si c'était un effet de votre part... il y a Brocait qui ne sait pas s'il doit rester... Madame ne lui a encore rien dit ?

ADRIENNE, *distraite.*

C'est bon! c'est bon ! puisqu'il t'intéresse... je lui parlerai!

MANETTE, *à part.*

Ah ! quel bonheur!.. je cours l'en prévenir ! (*Elle sort.*)

* Adrienne, Manette.

SCÈNE XI.

ADRIENNE, *seule.*

Il s'est battu pour moi ! et je l'ignorais ! (*Avec émotion.*) Que d'amour, de délicatesse !... Oh ! je lui dois un dédommagement.... (*Regardant par la glace sans tain.*) Est-il encore là... oui... je ne distingue pas bien... mais je vois... je crois voir... oui... c'est cela !... son bouquet à la main. (*Faisant signe du doigt à la personne.*) Venez ! venez vite, Monsieur... on y est pour vous !... (*Revenant en scene.*) Si je lui avouais tout?... Oh ! non, par générosité peut-être, il voudrait... et bien certainement si l'espoir que M. Chatoyant m'a donné est encore trompé, je ne condamnerai pas le comte à épouser une femme affligée... d'une paire de lunettes !... mais du moins il saura combien il m'est cher... (*La porte du fond s'ouvre.*) Ah !... je l'entends !... (*Elle se détourne pour se remetire.*)

SCÈNE XII.

ADRIENNE, BROCART, *un bouquet à la main* *.

BROCART, *à part.*

Madame m'a fait signe de monter ; ça se trouve bien ; Monsieur le comte qui doute encore.... qui veut voir jusqu'au bout... m'a chargé de lui offrir ce bouquet !... Ah! les hommes sont bien plats !

ADRIENNE, *à part.*

Au moment de lui dire... je n'ose lever les yeux ! (*Haut et sans regarder.*) Approchez !

BROCART, *d'une voix douce et lui offrant son bouquet.*

Madame...

ADRIENNE, *le prenant.*

Je sais !... merci !... (*Baissant les yeux.*) Vous m'avez demandé une réponse franche, sincère...

BROCART, *à part.*

Ah! pour la place !... Manette vient de me dire qu'elle lui a parlé !

ADRIENNE.

Quoi qu'il m'en coûte... je dois vous la faire. (*Elle s'assied.*)

BROCART, *à part.*

Elle me va flanquer à la porte !

ADRIENNE.

Asseyez-vous.

BROCART, *à part.*

Que je m'assoye, moi !... (*Haut à mi-voix.*) Mais...

---

* Brocart, Adrienne.

ADRIENNE.

Je le veux !... et surtout ne m'interrompez pas !

BROCART, *à part.*

Si je comprends... (*Il s'assied un peu en arrière, et sur le bord de sa chaise.*)

ADRIENNE.

Par des raisons que je ne puis vous dire, et que vous saurez plus tard, j'ai toujours éloigné cette explication !... mais aujourd'hui, mon ami...

BROCART, *à part.*

Mon ami !... Elle m'appelle son ami !

ADRIENNE.

Je puis vous en faire l'aveu,... Dès que je vous ai connu... je vous ai distingué...

BROCART, *étonné et à part.*

Elle m'a distingué !...

ADRIENNE.

Il y a dans votre esprit, dans vos manières, un charme secret...

BROCART, *à part.*

Qu'est-ce qu'elle dit?...

ADRIENNE.

Qui m'a séduite ! je ne parle pas de vos avantages extérieurs... vous êtes bien, je le sais !...

BROCART, *d'un air modeste.*

Oh !

ADRIENNE.

Mais, ce que je prise par-dessus tout, c'est votre discrétion...

BROCART, *avec un geste de dévouement.*

Oh ! pour cela !...

ADRIENNE, *avec embarras et baissant les yeux.*

Aussi, je ne veux plus vous le cacher, je vous aime !

BROCART, *à part, se levant en manquant de tomber.*

Dieu de Paphos!... Une déclaration!... d'une baronne !...

ADRIENNE, *se levant.*

Oui, je vous aime !... mais dussiez-vous me trouver bizarre, extravagante... je ne saurais vous épouser !...

BROCART, *à part.*

Je crois bien !... la distance !... (*Haut.*) Ah ! Madame !...

ADRIENNE, *se détournant.*

Ne me demandez pas pourquoi, mon ami... ne me forcez point à rougir !... (*Elle s'assied et se cache avec son mouchoir, comme pour essuyer ses pleurs.*)

BROCART, *à part.*

Pauvre petite !... elle est folle de moi!.. J'avais toujours dit

que j'arriverais par les femmes !.. Je crois qu'il est convenable
que je l'embrasse... ça vaut ça. (*Il ouvre les bras et aperçoit le
comte au fond.*) Monsieur le comte, bigre !...

|LE COMTE, *à part.*

Cet animal n'en finit pas !...

BROCART.

Il me passerait son épée... (*Il va à lui.*)

SCÈNE XIII.

LES MÊMES, LE COMTE.

LE COMTE, *à part, bas à Brocart.*

Eh bien ! as-tu pu découvrir ses secrets sentiments ?

BROCART, *bas.*

Ma foi, non, Monsieur...

LE COMTE, *bas.*

Va-t'en !...

BROCART, *à part, le regardant avec pitié.*

Pauvre cher homme !... Ah ! ma foi !... ça me fait une posi-
tion... Une veuve, une baronne... Je m'y cramponne !.. (*Il sort
en envoyant à la dérobée un baiser à Adrienne.*)

SCÈNE XIV.

ADRIENNE, LE COMTE. *

LE COMTE, *à part, la regardant.*

Non, je ne puis croire !... Et je veux m'assurer... (*Haut et
doucement.*) Adrienne !

ADRIENNE, *revenant à elle.*

Que voulez-vous encore, mon ami ?

LE COMTE.

Que vous m'expliquiez ce qui me semble inexplicable dans
votre conduite...

ADRIENNE, *se tournant vers lui.*

Comment ! vous n'êtes pas content... après ce que je viens de
vous dire !...

LE COMTE, *très-étonné.*

Ce que vous venez de me dire ?... Mais...

ADRIENNE, *se levant.*

Ah ! je vous en prie... soyez généreux !... et maintenant que
vous savez...

LE COMTE, *abasourdi.*

Maintenant que je sais !...

ADRIENNE.

Je vous en ai dit assez... trop peut-être... Adieu ! (*Comme le
congédiant.*) Adieu, de Lestrelle !...

---

* Le Comte, Adrienne.

LE COMTE, *à part.*

Ellle veut m'éloigner... mais je ne sors pas !...

ADRIENNE.

Eh bien ! qu'attendez-vous encore ?

LE COMTE.

J'attends... j'attends... (*Saisissant la premiere idée venue.*)
Mais, la tasse de chocolat que vous m'avez offerte ?

ADRIENNE, *souriant.*

Tiens ! c'est vrai ! je l'avais oublié !... (*Elle agite une sonnette
qui est sur la table de droite.*) Ce pauvre comte... que je condam-
nais à la diète !...

MANETTE, *entrant et apportant un plateau qu'elle pose sur la table
de droite.*

Madame a sonné pour le chocolat?... le voici.

LE COMTE, *à part.*

Cette femme est toute cousue d'énigmes et de mystères...
mais je saurai la vérité, ou j'y perdrai mon nom !...

SCÈNE XV.

LES MÊMES, MANETTE, BROCART, *la serviette sous le bras et la
chocolatière à la main, Manette place les chaises.* *

ENSEMBLE.

AIR : *Vaudeville du czar Cornélius.*

LE COMTE.

Tous les deux prenons place ;
Pour moi quelle faveur !
(*A part.*)
Sachons ce qui se passe
Dans le fond de son cœur.

ADRIENNE.

Tous les deux prenons place,
Je ne crois pas, d'honneur,
Que ce déjeuner chasse,
(*Riant.*)
L'appétit d'un chasseur !

BROCART, *à part.*

Il va prendre ma place,
Mais, bientôt, par bonheur,
De céans, je le chasse,

* Adrienne, le Comte assis. Manette, deuxième plan, Brocart, servant.

Et je reste vainqueur !

MANETTE, *à part.*

Que ne suis-je à leur place !
Quel moment enchanteur,
De pouvoir face à face,
Jaser de son bonheur !

MANETTE, *bas à Brocart. (Brocart verse le chocolat.)*
Avez-vous parlé à madame ?

BROCART, *tenant la chocolatière.*
Voui! (Jetant un regard tendre du côté de madame de Tilly.)

MANETTE, *bas.*
Restez-vous à son service ?

BROCART, *même jeu.*
Complétement !

MANETTE, *bas.*
Alors, notre mariage ?

BROCART, *même jeu.*
Oh ! il pourrait y avoir des oppositions ! ma fille !... (*A part.*)
Elle ne me laissera pas longtemps la serviette sous le bras !...

MANETTE, *s'éloignant.*
Oh ! monsieur l'Embarras !... (*Elle sort par le fond.— Le comte
et Adrienne déjeunent. Brocart fait des mines.*)

ADRIENNE, *avec grâce.*[*]
Mon cher comte... je vous donne là un triste déjeuner...

LE COMTE.
Excellent ! près de vous !...

ADRIENNE.
Mais l'amour excuse tout !

BROCART, *à part.*[*]
Comme elle m'a regardé en disant cela !... Pauvre chatte !...
Oui, je t'excuse, chérie !...

ADRIENNE.
On dit que les amoureux ne mangent pas !

BROCART, *à part, continuant ses mines.*
Mais si... je ne mange pas mal !...

LE COMTE, *vivement.*
Eh, comment voulez-vous qu'un amant véritable ait autre
chose en tête, que celle qui s'est rendue maîtresse de son esprit, de son cœur !...

ADRIENNE, *lui imposant silence.*
Chut ! chut ! nous ne sommes pas seuls !...

* Adrienne, le Comte, Brocart, deuxième plan.

BROCART, *à part.*

Elle a égard à ma situation!... Ô ange!... je lui dois bien quelques petites douceurs pour ça!... (*Il pousse de gros soupirs en la regardant.*) Ah!... je la crible d'œillades assassines!... Ah!!!

MANETTE, *qui rentre une lettre à la main, à Brocart.*

Qu'est-ce que vous faites donc là?

BROCART.

Je m'occupe de mon service! (*Il s'éloigne par le fond en emportant sa chocolatière.*)

MANETTE, *étonnée.*

Je ne le reconnais plus!

LE COMTE, *à Adrienne.*

Mais ce secret que vous aviez promis de m'apprendre?..,

MANETTE, *donnant une lettre à Adrienne.*

Un billet de votre notaire, Madame!...

LE COMTE, *à part.*

Le diable emporte le notaire!**

ADRIENNE, *avec embarras.*

Vous permettez?

LE COMTE.

Comment donc!... lisez, je vous prie!...

ADRIENNE, *à part.*

Lisez, lisez, c'est bientôt dit! impossible de mettre mes lunettes devant lui... d'abord je ne les ai plus. (*Décachetant la lettre et la tournant dans tous les sens.*) Hum! hum! (*A part.*) Je ne vois que du blanc et du noir...

MANETTE.

Il demande une réponse tout de suite, tout de suite, par *oui* ou par *non*!

ADRIENNE, *à part.*

C'est, sans doute, pour la vente de ma ferme! ma foi, quelques mille livres de plus ou de moins... (*Ayant l'air de lire.*) Hum! hum! c'est bien... dites que oui, *oui*... j'y consens!... (*Elle remet la lettre sur le guéridon. — Manette sort et rencontre Brocart qui rentre.*)

LE COMTE, *inquiet.*

Elle y consent!... à quoi? (*Haut.*) Cette missive semble vous préoccuper.

ADRIENNE.

Nullement! une affaire que l'on me propose...

BROCART, *au comte et lui remettant une lettre***.*

Le coureur de Monsieur le comté, apporte à l'instant cette lettre...

* Adrienne, le Comte, Manette, Brocart.
** Adrienne, Manette, le Comte.
*** Adrienne, le Comte, Brocart.

ADRIENNE, *riant.*

Ah! ah! ah! c'est le jour aux correspondances.

LE COMTE, *la mettant dans sa poche.*

Butor! devant Madame !... je la lirai plus tard !...

ADRIENNE, *avec un peu de jalousie, et souriant.*

Vous la cachez... c'est une lettre de femme !...

LE COMTE.

Vous croiriez ?...

ADRIENNE, *le menaçant du doigt.*

Hé! mais...

LE COMTE, *ravi.*

Ah ! cette petite pointe de jalousie m'enchante! (*Ouvrant sa lettre et la lui donnant.*) Mais pour vous détromper... tenez... lisez-la vous-même...

ADRIENNE, *interdite, à part.*

Encore!... (*Haut.*) Que je la lise?...

LE COMTE.

Et lisez haut... je l'exige...

ADRIENNE, *à part.*

En voici bien d'une autre !... (*Haut.*) Je suis incapable d'une pareille indiscrétion !...

LE COMTE.

Je vous en conjure...

ADRIENNE, *remettant la lettre sur le guéridon.*

Non, j'ai confiance... et d'ailleurs je n'ai pas le droit...

LE COMTE.

AIR : *Voltigez hirondelles.*

Pour rassurer mon âme,
Prenez ce droit si doux...
Si vous m'aimez, Madame,
Lisez, je le réclame...
   M'aimez-vous? (*ter.*)

MANETTE, *revenant* *.

Madame, le petit clerc dit qu'il lui faut une réponse par écrit... Son patron le lui a bien recommandé...

ADRIENNE, *se levant.*

Quel ennui ! (*A part.*) Quel bonheur ! elle me sauve d'un terrible embarras. (*A Manette.*) Qu'il attende !.. (*Manette sort.*) Pardon, cher comte... (*A part.*) Heureusement que j'ai d'autres lunettes dans ma chambre. (*Elle se trompe et prend la lettre du comte qui est restée ouverte sur la table.*)

* Adrienne, le Comte, Manette.

LE COMTE, *qui s'est levé aussi.*
Vous me quittez !.. et sans me rassurer !..

ADRIENNE, *tendrement.*
Ah ! de Lestrelle !..

Même air.

Quoi votre cœur lui-même,
Peut oublier !... eh bien !
Calmez ce trouble extrème...
Près de tout ce que j'aime,
Je revien ! (*ter.*)

(*Elle rentre chez elle.*)

SCÈNE XVI.

LE COMTE, BROCART *.

LE COMTE, *transporté, la suivant des yeux.*
Près de tout ce que j'aime !..

BROCART, *à part.*
Près de tout ce que j'aime !..

LE COMTE.
Je suis si ému... (*Tendant son verre à Brocart.*) Brocart... un
verre d'eau !

BROCART, *lui versant.*
Et moi donc !.. j'en ai bien besoin !.. Dieu de Paphos ! mes
genoux se dérobent !.. (*Il se verse aussi par derrière lui. Ils boi-
vent tous deux.*) **

LE COMTE.
Et maintenant que mon bonheur est certain... lisons la lettre
de mon oncle, car c'est du commandeur à qui j'avais demandé
son consentement à mon mariage... (*Il prend la lettre du notaire
oubliée par Adrienne.*) « Madame... »

BROCART, *à lui-même.*
Son oncle lui écrit : Madame !..

LE COMTE.
C'est la lettre du notaire... Elle s'est trompée... Non !.. Elle
voulait lire la mienne !.. Quel détour charmant !.. Comme c'est
femme !.. Celle du notaire ne l'intéressait pas !.. (*Il y jette les
yeux.*) Que vois-je ? mon nom ! Ah ! parbleu ! (*Il lit à bâtons
rompus.*) « Malgré les assiduités de M. de Lestrelle... votre
» cousin Gaspard de Tilly... pour terminer tout procès, vous
» propose de vous épouser... Si vous consentez, il viendra sur-
» le-champ prendre jour avec vous !... » (*A lui-même.*) Et elle
a dit : *Oui, j'y consens !*

____

* Le Comte, Brocart.
** Brocart, le Comte.

BROCART.

Elle épouse son cousin ! Ah ! je suis piqué !.. Après tout, je l'aime mieux !

LE COMTE, *agité.*

Comment, drôle !..

BROCART.

Oui, monsieur le comte, je l'aime mieux, parce que lui, son cousin que je ne connais pas, ça m'est égal... Mais, vous, mon ancien maître... ça m'aurait fait trop de peine !..

LE COMTE.

Tu sais donc ?..

BROCART, *avec force.*

Je sais tout !..

LE COMTE.

En effet !.. tout à l'heure... ces signes d'intelligence avec ta maîtresse...

BROCART, *d'un air pudibond.*

Ma maîtresse !.. Oh ! (*A part.*) Pas encore...

LE COMTE.

Enfin ?

BROCARD.

Eh bien ! puisqu'il faut vous l'avouer !.. cette femme qui épouse son cousin...

LE COMTE.

Eh bien !

BROCART.

Aujourd'hui même... elle vient de prendre un amant !..

LE COMTE, *hors de lui.*

Un amant !.. Elle...

BROCART.

Oui, Monsieur !

LE COMTE.

Tu le connais ?

BROCART.

Oui, Monsieur !

LE COMTE.

Est-ce un homme ?...

BROCART.

Oh ! oui, Monsieur !

LE COMTE *achevant.*

De mérite ?

BROCART, *à part.*

Il faut le guérir du coup. (*Haut.*) C'est un homme bien ! très-bien !.. C'est moi !

LE COMTE, *lui donnant un soufflet.*

Impudent !

BROCART, *se tenant la joue.*

Monsieur le comte, vous êtes gentilhomme... Moi, je ne le suis pas... ça ne peut donc pas avoir de suites ! (*Criant.*) Mais puisqu'elle m'a fait sa déclaration... elle-même... ici... à cette place !...

LE COMTE, *avec une colère froide.*

Écoute : si cela est vrai, je te tue ! Si c'est faux... je te passe mon épée au travers du corps !

BROCART, *désolé.*

Voilà une perspective agréable !.. Mais, au nom d'Aristote... (*On frappe à la petite porte dérobée de droite. A mi-voix.*) On a frappé !..

LE COMTE.

Encore ! à cette porte ! si c'était l'horrible cousin ?... En cas de consentement, dit la lettre, il viendra sur-le-champ !.. C'est cela, c'est lui... (*Avec fureur.*) Mort et furie !.. Il payera pour les autres !..

BROCARD, *lui barrant le passage.*

Monsieur... Monsieur... prenez garde... Le sang vous monte à la tête... vous allez devenir ridicule !

LE COMTE, *le jetant de côté.*

Ça m'est égal... je ne me connais plus... et malheur à qui s'est joué de moi !..

BROCART.

Ils vont se massacrer ! sauvons les meubles et gare les éclaboussures. (*Il se sauve par le fond, en emportant le plateau.*)

SCÈNE XVII.

LE COMTE, CHATOYANT.

(*Le comte a ouvert la porte à Chatoyant qu'il prend au collet et le fait pirouetter de l'autre côté.*)

CHATOYANT.

Ma... a... Madame... Oh !..

LE COMTE, *le reconnaissant.* * *

Ah !.. le faux horloger !.. c'était le chevalier ! je m'en doutais !.. (*Marchant sur lui et bégayant de fureur.*) C'est donc vous, ma... ma... mal... *A part.*) Bon ! voilà la colère qui me fait bé... bé... gayer !.. (*Haut, et plus furieux*) C'est donc vous, ma... ma... malheureux !..

CHATOYANT, *reculant.*

Mo... mo... Mossieur !.. ne me tou... tou... tou... tou... chez pas !..

LE COMTE, *indigné.*

Il se moque de moi, encore !

CHATOYANT.

Il me contrefait !..

LE COMTE.

Sortons, cheval... cheval...

* Chatoyant, le Comte.

CHATOYANT.

Cheval vous-même!..*

LE COMTE, *achevant le mot.*

Chevalier!... je co... connais vos projets!.. (*Saisissant une petite boîte élégante que Chatoyant cache sous son manteau.*) Un écrin... le cadeau de noce... mais je vous tu... tu... je vous... tu... tu...

CHATOYANT.

Tu... tu... turelututu...

LE COMTE, *exaspéré.*

Je vous tuerai avant!.. (*Tous deux parlant en même temps.*) **

CHATOYANT, *criant.*

Au vo... voleur!.. à l'a... l'a... à l'assassin.

SCÈNE XVIII.

LES MÊMES, ADRIENNE, MANETTE, BROCART.

BROCART. ***

Mes rivaux qui se déchirent!.. dieu de Phaphos!..

ADRIENNE.

Qu'est-ce donc?..

CHATOYANT, *suffoqué.*

C'est mo... Mossieur!..

LE COMTE.

C'est votre cousin!.. mais nous nous ba..., ba... ba... nous nous battrons!

ADRIENNE, *partant d'un éclat de rire.*

Ah! mon Dieu!.. mais vous bégayez aussi, comte?

LE COMTE.

Je l'avoue... oui, Madame... je bé... bé... je bégaye... quand je suis en colère... (*Montrant la boîte.*) Et cet écrin?

ADRIENNE, *prenant la boîte.*

Dieu soit loué, vous avez aussi votre infirmité!.. Mais vous devez faire tous deux une bien drôle de figure... Voyons donc! (*Elle prend dans la boîte une paire de bésicles à branches d'or, et les met en riant.*) Ah! ah! ah!..

LE COMTE, *étonné.*

Eh! quoi!.. vous êtes my... my...

CHATOYANT.

Elle est my, my.

LE COMTE.

Myope!

CHATOYANT.

Elle est myope.

* Le Comte, Chatoyant.
** Chatoyant, le Comte.
*** Brocart, le Comte, Adrienne, Chatoyant, Manette.

ADRIENNE.

A ne pas distinguer la personne à qui je parle...

BROCART, *à part et comprenant.*

Ah ! bah !.. patatras !.. je comprends !... tout à l'heure... elle
ma pris pour quelqu'un !.. quelle dégringolade !..

ADRIENNE, *au comte.*

Voilà ce grand secret... que je n'osais vous avouer, mon
ami... car vous me l'aviez dit : une femme qui porte lunettes
est si laide !..

LE COMTE, *vivement et avec joie.*

Oui... quand elle est laide !.. mais... mais... mais vous !..
Cela vous va à ravir... vous êtes mille fois plus jolie...

ADRIENNE.

Oh !...

LE COMTE, *montrant Chatoyant.*

Et vous n'épousez pas Monsieur ?..

ADRIENNE.

Mon marchand de lunettes ?

CHATOYANT.

L'inventeur des bé... bé... des bésicles... l'o... l'o... l'opti...
cien de la ma... ma... ma...ma.,. de la marine... hol.. landaise !

ADRIENNE.

Vous avez pu penser !..

LE COMTE.

Mais votre cousin ?

ADRIENNE.

Nous plaiderons !... si toutefois je ne vous fais pas trop peur
ainsi...

LE COMTE, *heureux.*

C'est-à-dire que c'est charmant !

AIR d'*Aristipe.*

Si vous voulez, je vais en faire usage !

ADRIENNE.

Non ! pour nous deux vous serez clairvoyant,
C'est bien assez d'un aveugle en ménage.

LE COMTE, *avec transport.*

Vous consentez ?

ADRIENNE, *avec grâce.*

Il le faut bien vraiment,
Pour faire fuir ce maudit bégaiement !

LE COMTE, *parlé et lui baisant la main.*

Ah !... (*la voyant le regarder en souriant.*)

Mais pourquoi donc ce regard, Adrienne?

ADRIENNE.

C'est qu'à présent mon bonheur est complet !
Car aujourd'hui seulement, et sans peine...
Je vous vois tel que mon cœur vous rêvait!

Merci, monsieur Chatoyant !

CHATOYANT.

Oui! c'est une belle décou...cou...

LE COMTE, *à Brocart*.

Mais toi, que diable es-tu venu me conter?

CHATOYANT, *s'obstinant à ses mots*.

Cou... cou...

BROCART, *à mi-voix*.

C'était un coq-à-l'âne... vous avez cru que...

CHATOYANT, *même jeu*.

Cou... cou...

BROCARD.

Pas du tout! la preuve, c'est que... (*Haut.*) Manette, je vous
accorde ma main.

CHATOYANT, *même jeu*.

Coucou !

MANETTE, *d'un ton fier*.

Oui-dà! (*Changeant de ton et lui tendant la main.*) Ah ! bah !
j'accepte! je serai ..

CHATOYANT, *triomphant et très-fort*.

Verte !... découverte !... c'est une belle découverte !

LE COMTE, *à Adrienne*.

Un bonheur si inespéré !...

CHATOYANT, *au comte*.

Mais vous voilà... co... co... comme moi, monsieur le comte,
vous ne bé...bé...gayez plus !

LE COMTE, *regardant Adrienne*.

Ah! quand je suis heureux... je ne crains rien de ce côté-
là !...

ADRIENNE, *lui tendant la main*.

On tâchera de vous guérir tout à fait !

CHOEUR.

AIR : *Cachons bien mon dépit.* (les Bijoux.)

Oui, l'amour de $\frac{mon}{son}$ cœur,

Chasse la défiance,

Et $\frac{me}{lui}$ rend l'espérance !

La paix et le bonheur !

ADRIENNE, *au public.*

AIR : *N'as-tu pas un pouvoir réel.* (Cornélius.)

Hélas ! messieurs... voici l'instant,
Où l'on fait la cour au parterre !...
Ne traitez pas sévèrement,
Une esquisse un peu trop légère !
Nous le savons, dans leurs tableaux
Nos œuvres ne sont point parfaites...
Mais pour ne pas voir nos défauts,
Tâchez d'oublier vos lunettes !...
Oui, pour ne point voir nos défauts...
Ah ! ne mettez pas vos lunettes !

CHOEUR.

Oui, l'amour de $\genfrac{}{}{0pt}{}{\text{mon}}{\text{son}}$ cœur, etc.

FIN.

Poissy. — Typographie ARBIEU.

9 782019 252847